四庫全書宋詞别集叢刊

廿四

梅溪詞

史達祖

散花菴詞

黃昇

石屏詞

戴復古

斷腸詞

朱淑真

四庫全書宋詞別集叢刊 廿四

商務印書館

梅溪詞

史達祖

欽定四庫全書

集部十

提要

詞曲類 詞集之屬

梅溪詞

臣等謹案梅溪詞一卷宋史達祖撰達祖字邦卿號梅溪汴人田汝誠西湖志餘稱韓侂胄堂吏史達祖擅權用事與之名姓皆同今考集中齊天樂第五首注中秋宿真定驛滿江紅第二首注九月二十一日東京懷古水

龍吟第三首注陪節欲行留别社友鷓鴣天
第四首注衛縣道中惜黄花第一首注九月
七日定興道中核其詞意必李壁使金之時
侂胄遣之隨行覘國故有諸詞知撰此集者
即侂胄所用之史達祖又考周密齊東野語
玉津園事張鎡雖預其謀而鎡實侂胄之狎
客故於侂胄嬖妾滿頭花生辰得移廚張樂
於其邸此編前有鎡序足證其為侂胄黨序

末稱數路得人恐不特尋美於漢亦足證其
實為掾史確非兩人惟序作於嘉泰元年辛
酉而集中有壬戌立春一首序稱初識達祖
出詞一編而集中有與鎡倡和詞二首則此
本又後來所編非鎡所序之本矣陳振孫書
録解題稱是編又有姜夔序此刻不載亦傳
刻佚脱也達祖人不足道而詞則頗工鎡稱
其分鑣清真平睨方回而紛紛三變行輩不

足比數清真為周邦彦之號方回為賀鑄之字三變為柳永之原名推奬未免稍溢然清詞麗句在宋季頗屬錚錚亦未可以其人而掩其文矣乾隆四十九年閏三月恭校上

總纂官臣紀昀臣陸錫熊臣孫士毅

總校官臣陸費墀

梅溪詞原序

關雎而下三百篇當時之謌詞也聖世刪以為經後世播詩章於樂府被之金石管絃屈宋班馬繇是乎出而自變體以來司花傍輦之嘲沈香亭北之詠至與人主相友善則世之文人才士遊戲筆墨於長短句間有能瓌奇警邁清新閒婉不流於詑蕩汙淫者未易以小伎言也余埽軌林扃草長門遥一日聞剝啄聲園丁持謁入視之汴人史生邦卿也迎坐竹陰下郁然而秀整儀

起謂余曰某自冠時聞約齋之號今亦既有言矣君身益湮晦達以是來見無他求袖出詞一編余驚笑而不答生云始取讀之大凡如行帝苑仙瀛輝華絢麗欣眄駭接因掩卷而嘆曰有是哉能事之無遺恨也蓋生之作辭情俱到織綃泉底去塵眼中妥帖輕圓特其餘事至於奪苕艷于春景起悲音於商素有懷奇警邁清風閒婉之長而無訑蕩汙淫之失端可以分鑣清真平晚方回而紛紛三變行輩幾不足比數山谷以行誼文章

宗匠一代至序小晏詞激昂婉轉以伸吐其懷抱而揚花謝橋之句伊川猶稱可之生滿襟風月鸞唫鳳歗鏘洋乎口吻之際者皆自漱滌書傳中來況欲大肆其力於五七言迴鞭温韋之塗掉鞅李杜之域躋攀風雅一歸於正不於是而止雖然余方以耽溽聲律而顛蹈擯棄今又區區以勉生非惑耶若覽斯集者不梏于玄黄牝牡哀沈而悼未遇實繫時之所尚余老矣生鬢髮未白數路得人恐不特尋美于漢生姑待之生名達祖邦

卿其字云嘉泰歲辛酉五月八日張鎡功甫序

欽定四庫全書

梅溪詞

綺羅香 詠春雨或作沁園春非

宋 史達祖 撰

做冷欺花將煙困柳千里偷催春莫盡日冥迷愁裏欲飛還住驚粉重蝶宿西園喜泥潤燕歸南浦最妨它往約風流鈿車不到杜陵路 沈沈江上望極還被春潮催急難尋官渡隱約遥峰和淚謝娘眉嫵臨斷岸新綠

生時是落紅帶愁流處記當日門掩梨花剪燈深夜語

雙雙燕 詠燕

過春社了度簾幙中間去年塵冷差池欲住試入舊巢相竝還相雕梁藻井又軟語商量不定飄然快拂花梢翠尾分開紅影　芳徑芹泥雨潤愛貼地爭飛競誇輕俊紅樓歸晚看足柳昏花暝應自棲香正穩便忘了天涯芳信愁損翠黛雙蛾日日畫闌獨凭

陽春曲

杏花煙梨花月誰與暈開春色坊巷曉愔愔東風斷舊火銷處近寒食少年蹤迹愁暗隔水南山北還是寶絡雕鞍被鶯聲喚來香陌 記飛蓋西園寒猶凝結驚醉耳誰家夜笛燈前重簾不挂殢華裾粉淚曾拭如今故里息信賴海燕年時相識奈芳草正銷江南夢春衫恐碧

海棠春令

似紅如白含芳意錦宮外煙輕雨細燕子不知愁驚墮

黃昏淚 燭花偏在紅簾底想人怕春寒正睡夢著玉
環嬌又被東風醉

夜行船 正月十八日聞賣杏花有感

不剪春衫愁意態過收燈有些寒在小雨空簾無人深
巷已 杏花先賣是白髮潘郎寬沈帶怕看山憶它眉
黛草色拖裙煙光惹鬢常記故園挑菜

東風第一枝 詠春雪

巧沁蘭心偷黏草甲東風欲障新暖謾凝碧瓦難留信

知暮寒輕淺行天入鏡做弄出輕鬆纖軟料故園不捲重簾悞了乍來雙燕 青未了柳回白眼紅欲斷杏開素面舊遊憶著山陰厚盟遂妨上苑寒爐重暖便放慢春衫針線恐鳳靴挑菜歸來萬一灞橋相見

又 壬戌閏臘望雨中立癸亥春與高賓王各賦

草脚愁蘇花心夢醒鞭香拂散牛土舊歌空憶珠簾綵筆倦題繡户黏雞貼燕想立斷東風來處暗惹起一掬相思亂若翠盤紅縷 今夜覓夢池秀句明日動探花

芳緒寄聲沽酒人家預約俊遊伴侶憐它梅柳怎忍後天街酥雨待過了一月燈期日日醉扶歸去

又 燈夕清坐 或作元夕

酒館歌雲燈街舞繡笑聲喧似簫鼓太平京國多歡大酺綺羅幾處東風不動照花影一天春聚耀翠光金縷相交苒苒細吹香霧　羞醉玉少年丰度懷豔雪舊家伴侶閉門明月關心倚窗小梅索句吟情欲斷念嬌俊知人無擄想袖寒珠絡藏香夜久帶愁歸去

玉樓春 社前一日

游人等得春晴也處處旗亭堪繫馬雨前穠杏尚娉婷風後殘梅無顔籍 忌拈針線還逢社鬭草贏多裙欲卸明朝雙燕定歸來叮囑重簾休放下

又 賦梨花

玉容寂莫誰為主寒食心情愁幾許前身清淡似梅粧遥夜依微留月住 香迷蝴蝶飛時路雪在秋千來往處黄昏著了素衣裳深閉重門夜聽雨

喜遷鶯

月波疑滴望玉壺天近了無塵隔翠眼圈花冰絲織練
黄道寳光相直自怜詩酒瘦難應接許多春色最無賴
是隨香趁燭曾伴狂客　蹤跡謾記憶老了杜郎忍聽
東風笛栁院燈疎梅聽雪在誰與細傾春碧舊情拘未
定猶自學當年游歷怕萬一悮玉人夜寒簾隙

萬年歡 春思

兩袖梅風謝橋邊岸痕猶帶陰雪過了匆匆燈市草根

青發燕子春愁未醒悞幾處芳音遼絶煙谿上采緑人歸定應愁沁花骨　非干厚情易歇柰燕臺句老難道離别小徑吹衣曾記故里風物多少驚心舊事第一是侵堦羅襪如今但柳髮晞春夜來和露梳月

阮郎歸

龍香吹袖白藤鞭帽簷衝柳煙一春幾度畫橋邊東風聽筦絃　花活計酒因緣從人嘲少年真須吟就緣楊篇灣頭寄小憐

又 月下感事

舊時明月舊時身舊時梅蕚新舊時月底似梅人梅春人不春 香入夢粉成塵情多多斷魂芙蓉孔雀夜温温愁痕郎淚痕

眼兒媚 寄贈

潘郎心老不成春風來隔花塵簾波浸筍窗紗分柳還過天津 近時無覓湘雲處不記是行人樓高望遠應將秦鏡多照施顰

又 代荅

兒家七十二鴛鴦珠珮鎖瑤箱期花等月秦臺吹玉賈袖傳香 十年白玉堂前見直是剪柔腸將愁去也不成今世終誤王昌

憶瑤姬 驕省之悼也

嬌月籠煙下楚嶺香分兩朶湘雲花房漸密時弄杏牋初會歌裏慇勤沈沈夜久西窗屬隔蘭燈幔影昏自綵鸞飛入芳巢繡屏羅薦粉光新 十年未始輕分念此

飛花可憐柔脆銷春空餘雙淚眼到舊家時郎謾染愁巾袖止説道凌虚一夜相思玉樣清但起來梅發窗前哽咽疑是君

南歌子

采綠隨雙槳看山藉一筇闌南桃樹幾番紅昨夜詩情頻在雨聲中　花逕無雲隔苔垣只夢通舊歡一餉可過從試覓鴛鴦新杏簡春風

風流子

紅樓横落日蕭郎去幾度碧雲飛記窗眼遞香玉臺妝罷馬蹄敲目沙路人歸如今但一鷺通信息雙燕說相思入耳舊歌怕聽琴縷斷腸新句羞染烏絲　相逢南溪上桃花嫩嬌樣淺澹羅衣恰是怨深腮赤愁重聲遲悵東風巷陌草迷春恨軟塵庭户花悞幽期多少寄來芳字都待還伊

又

飛瓊神仙客因游戲誤落古桃源藉吟牋賦筆試融春

恨舞裙歌扇聊應塵緣遣人怨亂雲天一角弱水路三千還因秀句意流江外便隨輕夢身墮愁邊　風流休相悞尋芳縱來晩尚有它年只為賦情不淺彈淚風前想霧帳吹香獨憐竒俊露盃分酒誰伴嬋娟好在夜軒涼月空自團圓月軒其號也

金盞子

奬緣催紅仰一番膏雨始張春色未踏畫橋煙江南岍應是草穠花密尚憶濺裙蘋溪覺詩愁相覓光風外除

是倩鸎頻燕謾通消息　梨花夜來白相思夢空闌一
林月深深柳枝巷陌難重遇弓彎兩袖雲碧見説倦理
秦箏怯春葱無力空遺恨當時留秀句蒼苔蠹辟

杏花天 清明

軟波拖碧蒲牙短畫橋外花晴柳暝今年自是清明晚
便覺芳情較嬾　春衫瘦東風剪剪過花塢香吹醉面
歸來立馬斜陽岸岸隔岸歌聲一片

又

古城官道花如霞便恰恨花間再見雙眉最現愁深淺

隔雨春山兩點 回頭但垂楊帶苑想今夜銅駝夢遠

行人去了鸎聲怨此度關心未免

又

細風微月垂楊院記年少春愁一點棲鸎未覺花梢顫

踏損殘紅幾片 長安共日邊近遠況老去芳情漸減

屏山幾夜春寒淺却將因而夢見

又

扇香曾靠腮邊粉舊塵埋月輪有暈南風未似愁來近

前事臨窗隱隱　涼花畔雲歌露飲夢斷了終難再問

鴛鴦帶上三生恨將淚揩磨不盡

三姝媚

煙光搖縹瓦望晴簷多風柳花如灑錦瑟横床想淚痕

塵影鳳絃常下倦出犀帷頻夢見王孫驕馬諱道相思

偷理綃裙自驚腰衩　惆悵南樓遥夜記翠箔張燈枕

肩歌罷又入銅駝遍舊家門巷首詢聲價可惜東風將

恨與閑花俱謝記取崔徽模樣歸來暗寫

壽樓春 尋春服感念

裁春衫尋芳記金刀素手同在晴窗幾度因風殘絮照花斜陽誰念我今無腸自少年消磨疎狂但聽雨挑燈歌床病酒多夢睡時粧 飛花去良宵長有絲闌舊曲金譜新腔最怕湘雲人散楚蘭魂傷身是客愁為鄉算玉簫猶逢韋郎近寒食人家相思未忘蘋藻香

于飛樂 鴛鴦怨曲

綺翼鶼鶼問誰常借春陂生愁近渚風微紫山深金殿暝日　同歸白頭相守情雖定事却難期暮帶恨飛來煙埋秦草年年枉夢紅衣舊沙閒香頸冷合是單棲將終怨魄何年化連理芳枝

南浦

玉樹曉飛香待倩它和愁點破粧鏡輕嫩一天春平白地都護雨昏煙暝幽花露溼定應獨把闌干凭謝屐未蠟安排共文鴛重遊芳徑　年來夢裏揚州怕事隨歌

殘情趂雲冷嬌眄隔東風無人會鸎燕暗中心性深盟縱約盡同晴雨全無定海棠夢在相思過西園秋千紅影

探芳信

謝池曉被酒滯春眠詩縈芳草正一堦梅粉都未有人掃細禽啼處東風軟嫩約關心早未燒燈怕有殘寒故園稀到

說道試粧了也為我相思占它懷抱靜數窗櫺最懽聽鵲聲好半年白玉臺邊話屢見鉤小指芳期

夜月花陰夢老

祝英臺近 或在第九句阻幽會下分段下二闋倣此

柳枝愁桃葉恨前事怕重記紅藥開時新夢又溱洧此情老去須休春風多事便老去越難回避 阻幽會應念偷剪酴醾柔條暗縈繫節物移人春暮更顦顇可堪竹院題詩蘚堦聽雨寸心外安愁無地

又 薔薇

綰流蘇垂錦綬煙外紅塵逗莫倚莓牆花氣釅如酒便

愁醺醉青虬蜿蜿無力戲穿碎一屏新綉　謾懷舊如今姚魏俱無風標較消瘦露㸃揺香前度剪花手見郎和笑拖裙匆匆欲去驀忽地胃留芳袖

又

落花深芳草暗春到斷腸處金勒驕風欲過天堤去翠樓葛領西邊恰如曾約畫闌映一枝瓊樹　正凝佇芳意欺月矜春渾欲便偷許多少鶯聲不敢寄愁與謝郎日日西湖如今歸後幾時見倚簾吹絮

釵頭鳳 向刻清商怨誤 寒食飲綠亭

春愁遠春夢亂鳳釵一股輕塵滿江煙白江波碧柳戶清明燕簾寒食憶憶憶　鶯聲曉簫聲短落花不許春拘管新相識休相失翠陌吹衣畫樓橫笛得得得

西江月 閨思

西月澹窺樓角東風暗落簷牙一燈初見影窗紗又是重簾不下　幽思屢隨芳草閒愁多似楊花楊花芳草遍天涯繡被寒夜夜

又 賦木犀香數珠

三十六宫月冷百單八顆香懸只宜結贈散花天金粟分身顯現　指嫩香隨甲影頸寒秋入雲邊未忘靈鷲舊因緣赢得今生圓轉

又

一片秋香世界幾層涼雨闌干青天不惜爛銀盤借與先生為歡　酒喚詩來酒外人言身在人間如何得似碧雲閑且共嫦娥相伴

又 舟中趙子楚有詞見調即意和之

裙褶綠羅芳草冠梁白石芙容次公筵上見山公紅綬欲啣雙鳳　已向氷奩約月更來玉界乘風凌波襪冷一尊同莫負舟舟涼夢

慶清朝

墜絮孳萍狂鞭孕竹偷移紅紫池亭餘花未落似供殘蝶經營賦得送春詩了夏帷攏斷綠陰成桑麻外乳鳩稺燕別樣芳情　荀令舊香易冷歎俊遊疎懶枉自銷

凝塵侵謝屐幽徑斑駁苔生便覺寸心尚老故人前度謾丁寧空相悞祓蘭曲水挑菜東城

桃源憶故人 或刻虞美人影

雙鴛處月天津近歸後嫩情常剩燈市一年愁凝心共梅花冷　網塵洞户春沈静良盡治遊情性羞見素娥嬌影明似愁鸞鏡

又 賦桃花

明霞烘透春機杼春在明霞多處我是有詩漁父一夢

秦天古　柳枝巷陌深朱户牆外風流一樹十五年來凝佇彈盡胭脂雨

花心動

風約簾波錦機寒難遮海棠煙雨夜酒未蘇春枕猶歌曽是悞成歌舞半褰薇帳雲頭散柰愁味不隨香去儘沈静文園更渴有人知否　孏記温柔舊處偏只怕臨風見他桃樹繡户鎖塵錦瑟空絃無復畫眉心緒待拈銀管書春恨被雙燕替人言語意不盡垂楊幾千萬里

解佩令

人行花塢衣沾香霧有新詞逢春分付屢欲傳情柰燕子不曾飛去倚珠簾詠郎秀句 想思一度穠愁一度最難忘遮燈私語澹月梨花借夢來花邊廊廡指春衫淚曾濺處

菩薩蠻 夜景

梨花不礙東城月月明照見空欄雪雪底夜香微褰簾拜月歸 錦衾幽夢短明日南堂宴宴罷倚樓臺春風

來不來

又 賦玉蕋花

唐昌觀裏東風軟齊王宫外芳名遠桂子典刑邊梅花伯仲間 籠茸鏤暝雪瑣細雕晴月誰駕七香車緑雲飛玉沙

又 賦軟香

廣寒月擣玄霜細玉龍睡重癡涎墜鬬合一團嬌偎人暝欲消 心情雖軟弱也要人搏搦寶扇莫驚秋班姬

應更愁

賀新郎

花落臺池靜自春衫閒來老了舊香荀令酒既相違詩亦可此外雲沈夢冷又催喚官河蘭艇軋岸煙霏吹不斷看樓陰欲帶朱橋影和草色入輕暝裙邊竹葉多應賸怪南溪見後無箇再來芳信蝴蝶一生花裏活難制竊香心性便有段新愁隨定落日年年宮樹綠墮新聲玉笛西風勁誰伴我中聽

又

綠障南城樹有高樓衝城樓下芰荷無數客自倚闌魚亦避恐是持竿伴侶對别浦扁舟客與楊柳影間風不到倩詩情飛過鴛鴦浦人正在斷腸處　兩山帶著冥冥雨想低簾短額誰見恨時眉嫵别為清尊眠錦瑟怕被歌留愁住便欲趁採蓮歸去前度劉郎雖老矣奈年來猶道多情句應笑殺舊鷗鷺

又

鵲翅西風淺乍踈雲垂幔近月銀鈎將捲天上應閑支機石前度芳盟誰踐便好織回文錦獻乞得穠歡今夜裏算盈盈一水曾何遠寧不會暗相見　緣樓吹斷閒針線想幽情嫩約别有蘚庭花院青鳥沈沈音塵絶煙鎖蓬萊宫殿漸木杪參旗西轉不怕天孫成間阻怕人間薄倖心腸變又學得易分散

又　六月十五日夜西湖月下

同住西山下是天地中間愛酒能詩之社舩向少陵佳

處放塵世必無知者暑不到雪宫風榭楚竹忽然呼月上被東西幾葉雲縈惹雲散去笑聲罷　清尊莫爲嬋娟瀉爲狂吟醉舞毋失晉人風雅踏碎橋邊楊柳影不聽漁樵閑話更欲舉空盃相謝北斗以南如此幾想吾曹便是神仙也問今夜是何夜

又　湖上高賓王趙子埜同賦

西子想思切委蕭蕭風裳水珮照人清越山染蛾眉波暈睩聊可與之娱悦便莫賦湘妃羅襪怕見緑荷相倚

恨 白鷗占了涼波闊揀涼處放船歇恨道人不是塵埃物縱狂吟魂魄吹亂一巾涼髮不覺引盃澆肺渴正要清歌駭發更坐上其人氷雪截取斷虹堪作釣待玉奩今夜來時節也勝釣石城月

夜合花 賦笛

冷截龍腰偷拏鸞爪楚山長鎖秋雲梅華未落年年怨入江城千障碧一聲清杜人間兒女蕭笙共淒涼處琵琶湓浦長嘯蘇門 當時低度西鄰天澹闌干欲莫會

賦高情子期老矣不堪帶酒重聽纖手靜七星明有新聲應更魂驚夢回人世寥寥夜月空照天津

又

柳鎖鶯魂花翻蝶夢自知愁染潘郎輕衫未攬猶將淚點偷藏念前事怯流光早去春窺酥雨池塘向銷凝裏梅開半面情滿徐粧　風絲一寸柔腸曾在歌邊惹恨燭底縈香芳機瑞錦如何未織鴛鴦醉扶人月依墻是當初誰敢疎狂把閒言語花房夜久各自思量

留春令 金橘林詠

秀肌豐靨韵多香足綠匀紅注剪取東風入金盤斷不買臨卭賦 宮錦機中春富裕勸玉環休妬等得明朝酒消時是閉𤄃雍容處

又 詠梅花

故人溪上挂愁無柰煙稍月樹一涓春水點黄昏便没頓相思處 曾把芳心深相許故夢勞詩苦聞說東風亦多情被竹外香留住

瑞鶴仙

杏煙嬌濕鬢過杜若汀洲楚衣香潤回頭翠樓近指鴛鴦沙上暗藏春恨歸鞭隱隱便不念芳盟未穩自簫聲吹落雲東再數故園花信　誰問聽謌窗罅倚月鉤欄舊家輕俊芳心一寸相思後總灰盡奈春風多事吹花搖柳也把幽情喚醒對南溪桃缺　翻紅又成瘦損

又

館娃春睡起為曉粧酒煖臉紅輕膩冰霜一生裏厭從

來冷澹粉腮重洗胭脂暗試便無限芳穠氣味向黃昏竹外寒酒醉裏為誰偷倚　嬌媚春風模樣霜月心腸瘦來肌體孤香細細吹夢到杏花底被高樓橫篴一聲驚斷却對南枝灑淚謾相思桃葉桃根舊家姊妹

點絳脣

花落苔香斷無人肯行鵷鶩晚風翻繡吹醒東窗酒獨卧氍毹明月知人瘦香消後亂愁依舊開放胡酥手

又　六月十四夜與社友泛湖過西陵橋已子夜矣

山月隨人翠巔分破秋山影約船歸畫橋外詩心迴
多少荷花不蓋鴛鴦冷西風定可憐潘鬢偏侵秦臺鏡

青玉案

蕙花老盡離騷句綠染遍江頭樹日午酒消聽驟雨青
榆錢小碧苔錢古難買東君住　官河不礙遺鞭路被
芳草將愁去多定紅樓簾影莫蘭燈初上夜香初炷猶
自聽鸚鵡

浣溪沙

不見東山月露香姚家借得小芬芳亂鸎隨趁過宮牆
香珀碾花嬌有意綠茸綉葉澀無光御封春酒幾時
嘗

蝶戀花

二月東風吹客袂蘇小門前楊柳如腰細胡蝶識人遊
冶地舊曽來處花開未　幾夜湖山生夢寐評泊尋芳
只怕春寒裏今歳清明逢上巳相思先到濺裙水

臨江仙

草脚青回細膩柳梢綠轉條苗舊遊重到合魂銷棹橫春水渡人凭赤闌橋　歸夢有時曾見新愁未肯相饒酒香紅被夜迢迢莫教無用月來照可憐宵

又

倦客如今老矣舊時不奈春何幾曾湖上不經過看花南陌醉注馬翠樓謌　遠眼愁隨芳草湘裙憶著春羅枉教裝得舊時多向來簫鼓地猶見柳婆娑

又 閨思

愁與西風應有約年年同赴清秋舊遊簾幙記揚州一燈人著夢雙雁月當樓　羅帶鴛鴦塵暗澹更須整頓風流天涯萬一見溫柔瘦應因此瘦羞亦為郎羞

漢宮春 友人與星娘雅有舊分別去則黃冠矣托予寄情

花隔東垣詠燕臺秀句結帶謀歡匆匆舊盟有恨飛夢重闗南塘夜月照湘琴別鶴孤鸞天便遣清愁易長羅衣常恁香寒　唐昌故宮何許頓剪霞裁霧擺落塵緣一聲步虛婉婉雲駐天壇淒涼故里想香車不到人間

羞再見東陽帶眼教人依舊思凡

蘭陵王　南湖同碧蓮見寄走筆次韻

漢江側月弄仙人珮色含情久摇曳楚衣天水空濛染嬌碧文漪簟影織涼骨時將粉飾誰曾見羅襪去時點點波閒冷雲積　相思舊飛鷁謾想像風裳追恨瑶席涉江幾度和愁摘記雪映雙腕刺縈絲縷分開綠蓋素袂濕放新句吹入　寂寂意猶昔念淨社因緣天許相覓飄蕭羽扇摇團白屢側臥尋夢倚欄無力風標公子

欲下處似認得

風入松 茉莉花

素馨柎萼太寒生多剪春氷深夜緑霧侵涼月照晶晶花葉分明人卧碧紗幮淨香吹雪練衣輕　頻伽喞得隋南薫不受纖塵若隨荔子華清去定空埋身外芳名借重玉爐沈炷起予石鼎湯聲

隔浦蓮

紅塵飛不到處此地知無暑亂竹分幽徑虛堂中自回

亙陰鑿生暗霧飛泉注氣入閟尊俎快風度 齊宮楚榭如今空鎖煙樹何人伴我夢賦雪氷車柱惟有蟬聲助冷語驚涪飛雲來獻涼雨

又 荷花

洛神一醉未醒俯鑑窺紅影萬緣森相衛西風靜不放冷侵曉鷗夢穩非塵境棹月香千頃錦機靚 亭亭不語多應嗔賦玉井西湖遊子慣識雨愁煙恨只恐吳娃暗折贈耿耿柔絲容易縈損

鳳來朝 五日感事

暈粉就粧鏡掩金閨絲絲未整趂無人學掐鴛鴦頸恨誰踏蘚花逕一夢蒲香葵冷隨銀瓶脆繩挂井扇底并團圓影只此是沈郎病

玉簟涼

秋是愁鄉自錦瑟斷後有淚如江平生花裏活奈舊夢難忘藍橋雲樹正綠料抱月幾夜眠香河漢阻但鳳音傳恨欄影敲涼　新粧蓮嬌試曉梅瘦破春因甚却扇

臨窗紅巾銜翠翼早弱水茫茫柔指各自未剪問此去
莫負王昌芳信準更敢尋紅杏西廂

鵲橋仙 七夕舟中

河深鵲冷雲高鸞遠水珮風裳縹緲却推離恨下人間
第一個黃昏過了 舟行有恨愁來無限去去長安漸
杳應將巧思入相思覺淚比銀灣較少

湘江靜

莫草堆青雲浸浦記匆匆倦篙曾駐漁榔四起沙鷗未

落怕愁沾詩句碧袖一聲謌石城怨西風隨去滄波蕩晚菰蒲弄秋還重到斷魂處　酒易醒思正苦想空山桂香懸樹三年夢冷孤吟意短屢煙鍾津鼓屐齒厭登臨移橙後幾番涼雨潘郎漸老風流頓減閒居未賦

玲瓏四犯

雨入愁邊翠樹晚無人風葉如剪竹尾通涼却怕小簾低捲孤坐便怯詩慳念後賞舊曾題遍更暗塵偷鎖鸞影心事屢羞團扇　賣花門館生秋草悵弓彎幾時重

見前歡盡屬風流夢天共朱橋遠聞道秀骨病多難自任從來恩怨料也和前度金籠鸚鵡說人情淺

又 京口寄所思

潤甚吳天頓放得江南離緒多少一雨為秋涼氣小窗先到輕夢聽徹風蒲又散入楚空清曉問世間愁何在處不離澹煙衰草 簟紋獨浸芙蓉影想淒淒欠郎偎抱卽今臥得雲衣冷山月仍相照方悔翠袖易分難聚有玉香花笑待雁來先寄新詞歸去且教知道

八歸

秋江帶雨寒沙縈水人瞰畫閣愁獨煙簑散響驚詩思還被亂鷗飛去秀句難續冷眼盡歸圖畫上認隔岸微茫雲屋想半屬漁市樵村欲莫競燃竹　須信風流未老憑持酒慰此淒涼心目一鞭南陌幾篙官渡賴有歌眉舒綠只匆匆眺遠早覺閑愁挂喬木應難奈故人天際望徹淮山相思無雁足

過龍門

一帶古苔牆多聽寒蛩箧中針線早銷香燕尾寶刀窗下夢誰剪秋裳　宮漏莫添長空費思量鴛鴦難得再成雙昨夜楚山花簟裏波影先涼

又 春愁

醉月小紅樓錦瑟箜篌夜來風雨曉來收幾點落花饒柳絮同為春愁　寄信問晴鷗誰在芳洲緑波寧處有蘭舟獨對舊時攜手地情思悠悠

玉蝴蝶

晚雨未摧宫樹可憐閒葉猶抱凉蟬短景歸秋吟思又接愁邊漏初長夢魂難禁人漸老風月俱寒想幽歡二花庭𦬁蟲網闌干　無端啼蛄攪夜恨隨團扇苦近秋蓮一笛當樓謝娘懸淚立風前故園晚强留詩酒新雁遠不致寒暄隔蒼煙楚衣羅袖誰伴嬋娟

齊天樂　白髮

秋風早入潘郎鬢斑斑遽驚如許暝雪侵梳晴絲拂領栽滿愁城深處瑶簪謾妬便羞插宫花自憐衰莫尚想

春情舊吟淒斷茂陵女　人間公道惟此歎朱顏也恁容易隳去湟子重緇搔來更短方悔風流相悞郎潛幾縷漸疎了銅駝俊遊儔侶縱有黙黙柰何詩思苦

又 秋興

闌干只在鷗飛處年年怕吟秋興斷浦沈雲空山挂雨中有詩愁千頃波聲未定望舟尾拖涼渡頭籠暝正好登臨有人歌罷翠簾冷　悠然魂隳故里奈閑情未了還被吹醒拜月虗簾聽蛩壞砌誰復能憐嬌俊憂心耿

耿寄桐業芳題冷風新詠莫遣秋聲樹頭喧夜永

又 賦橙

犀紋隱隱鸎黄嫩籬落翠深偷見細雨重移新霜拭摘佳處一年秋晚荆江未遠想橘友荒涼木奴嗟怨就説風流草泥來趂蟹螯健 并刀寒映素手醉魂沈夜飲曾倩排遣流瀣含酸金甖裊玉蔌蔌吳鹽輕點瑶姬齒軟待惜取團圓莫教分散入手温存帕羅香自滿

又 湖上即席分韻得羽字

鴛鴦拂破蘋花影低低趂涼飛去畫裏移舟詩邊就夢
葉葉碧雲分雨芳游自許過柳影閑波水花平渚見説
西風為人吹恨上瑶樹　闌干斜照未滿杏牆應望斷
春翠偷聚淺約授香深盟擣月誰是窗閒青羽孤箏幾
柱問因甚參差蹔成離阻夜色空庭待歸聽俊語

又　中秋宿真定驛

西風來勸涼雲去天東放開金鏡照野霜凝入河桂濕
一一氷壺相映殊方路永更分破秋光盡成悲境有客

躊躇古庭空自吊孤影 江南朋舊在許也能憐天際
詩思誰領夢斷刀頭書開蠆尾別有相思隨定憂心耿
耿對風鵲殘枝露蛩荒井斟酌姮娥九秋官殿冷

燕歸梁

楚夢吹成樹外雲乍雁影斜分黃花心事一簾塵但頻
憶小腰身 今宵素壁冰綃冷怕彈斷沈郎魂秋衣因
甚滿愁痕是午預幾黃昏

又

獨卧秋窗桂未香怕雨點飄泠玉人只在楚雲傍也著
淚過昏黄　西風今夜梧桐冷斷無夢到鴛鴦秋鉦二
十五聲長請各自奈思量

月當廳

白壁舊帶秦城夢因誰拜下楊柳樓心正是夜分漁鑰
不動香深時有露螢自照占風裳可喜影趺金坐來久
都將涼意盡付沈吟　殘雲事緒無人捨恨匆匆藥娥
歸去難尋綴取霧窗曾唱幾拍清音猶有老來印愁處

冷光應念雪翻簪空獨對西風緊弄一井桐陰

秋霽

江水蒼蒼望倦柳愁荷共感秋色廢閣先凉古簾空莫
雁程最嫌風力故園信息愛渠入眼南山碧念上國誰
是鱠鱸江漢未歸客　還又歲晚瘦骨臨風夜聞秋聲
吹動岑寂露蛩悲清冷屋翻書愁上上鬢毛白年少俊
遊渾斷得但可憐處無杰萬萬魂驚採香南浦剪梅煙
驛

滿江紅 中秋夜湖

萬水歸陰故潮信盈虛因月偏只到涼秋半破鬬成雙絶有物揩磨金鏡淨何人拏攫銀河决想子胥今夜見嫦娥沈寃雪　光直下蛟龍穴聲直上蟾蜍窟對望中天地洞然如刷激氣已能驅粉黛舉盃便可吞吳越待明朝説似與兒曹心應折

又 書懷

好領青衫全不向詩書中得還也費區區造物許多心

力未暇買田清頼尾尚須索米長安陌有當時黄巻滿前頭多慙德　思往事嗟兒劇憐牛後懷雞肋柰稜稜虎豹九重九隔三徑就荒秋自好一錢不直貧相逼對黄花常待不吟詩詩成癖

又 九月二十一日出京懷古

緩轡西風歎三宿遲遲行客桑梓外鋤耰漸入柳坊花陌雙闕遠騰龍鳳影九門空鎖鴛鸞翼更無人擫笛傍宫牆苔花碧　賫廟算慨京國拓禹甸綿周德趣建瓴

一舉并收鰲極老子本無經世術詩人不預平邊策辨一襟風月看昇平吟春色

戀繡衾

吳梅初試潤谷春夜幽幽江雁叫雲人正在孤窗底被穠愁醺破醉魂　雨窗只剩殘燈影伴羅衣無限淚痕瘦骨怕紅綿冷說年時斗帳夜分

又

黃華驚破九日愁正寒城風雨怨秋愁便是秋心也又

隨人來到畫樓 因緣幸自天安頓更題紅不禁御溝

待寫與相思話為怕奴顒顁且休

又 席上夢錫漢章同賦

天風入扇吹苧衣小紅樓夜氣正微有人在氷絃外水

精簾花影自移 陽臺只是虛無夢便不成涼夜誤伊

想閒了瑠璃簟就一身明月伴歸

换巢鸞鳳 梅意花 菴作春情

人若梅嬌正愁横斷塢夢繞谿橋倚風融漢粉坐月怨

秦簫相思因甚到纖腰定知我今無魂可銷佳期晚謾幾度淚痕相照　人悄天眇眇花外語香時透郎懷抱暗握荑苗乍嘗櫻顆猶恨侵堦芳草天念王昌忒多情換巢鸞鳳教偕老溫柔鄉醉芙容一帳春曉

惜奴嬌

香剝酥痕自昨夜春愁醒高情寄氷橋雪嶺試約黄昏便不悮春昏信人靜倩嬌娥留連秀影　吟鬢簪香已斷了多情病年年待將春管領鏤月描雲不枉了閑心

性謾聽誰敢把紅顔比竝

龍吟曲 即水龍吟 問梅劉寺

夜寒幽夢飛來小梅影下東風曉蝶魂未冷吾身良是悠然一笑竹杖敲苔布韈踏凍歳常先到傍蒼林却恨儲風養月須我輩新詩吊　永以南枝爲好怕從今逢花漸老愁消秀句寒回斗酒春心多少之子逃空伊人遯世又還驚覺但歸來對月高情耿耿寄白雲杪

又

夢回虛白初生便疑月冷通窗户不知夜久都無人見王妃起舞銀界回天瓊田易地晃然非故想兒童健意生愁霽色情頻在窺簾處　一片樵林釣浦是天教王維畫取未如援筆先將高興收歸妙句江露梅愁灞陵人老又騎驢去過章臺記得春風乍見倚簾吹絮

又　陪節欲行留別社友

道人越布單衣興高愛學蘇門嘯有時也伴四佳公子五陵年少歌裏眠香酒酣喝月壯懷無撓楚江南每為

神州未復欄干静慵登眺 今日征夫在道敢辭勞風沙短帽休吟稷穗休尋喬木獨憐遺老同社詩囊小窗針線斷腸秋早看歸來幾許吳霜染鬢驗愁多少

鷓鴣天

睡袖無端幾搨香有人冊臉可占霜半窗月印梅猶瘦一律缾笙夜正長 情豔豔酒狂狂小屏誰與畫鴛鴦解衣恰恨敲金釧驚起春風傍枕囊

又 燈市書事

御路東風拂醉衣賣燈人散燭籠稀不知月底梅花冷只憶橋邊步襪歸　閒夢談舊游非夜深誰在小簾幃罣罳兔下團爐坐明處將人立地時

又

搭柳欄干倚佇頻杏簾蝴蝶繡床春十年花骨東風淚幾點螺香素壁塵　簾外月夢中雲秦樓越殿可憐身新愁換盡風流性偏恨鴛鴦不念人

又 衛縣道中有懷其人

欽定四庫全書

雁足無書古塞幽一程煙草一程愁帽簾塵重風吹野

帳角香銷月滿樓　情思亂夢魂浮緗裙多憶弊貂裘

官河水静闌干暎徙倚斜陽怨晚秋

惜黄花 九月七日定興道中

涵秋寒渚染霜丹樹向依稀是來時夢中行路時節正

思家遠道仍懷古更對著滿城風雨　黄花無數碧雲

欲莫美人兮美人兮未知何處獨自捲簾櫳誰為開尊

俎恨不得御風歸去

玉燭新

踈雲縈碧岫帶晚日揺光半江寒皺越溪近遠空頻向過雁風邊回首酸心一縷念水北尋芳歸後輕醉醒隄月籠沙鞭鬆寶輪飛騄　秦樓屢約芳春記扇背題詩帕羅沾酒瘦愁易就因驚斷夢裏桃源難又臨風話舊想日莫梅花孤瘦還靜倚修竹相思盈盈翠袖

一翦梅

誰寫梅谿字字香沙邊幽夢常恁芬芳不如花解伴昏

黄只怕東風吹斷人腸　小閤無燈月浸窗香吹羅袖
酒映宮粧如今竹外怕思量谷裏佳人一片氷霜

又　追感

秦樹當樓泣鳳簫宮衣香斷不見纎腰隔年心事又今
宵折盡氷絃何用鸞膠　些子輕魂幾度銷蘭騷蕙些
無計重招東窗一段月華嬌也帶春愁飛上梅梢

醉落魄

鴛鴦意愜空分付有情眉睫齊家蓮子黄金葉争比秋

苔靴鳳幾番躡　牆陰月白花重疊匆匆軟語屢驚怯

宮香錦字將盈篋雨長新寒今夜夢魂接

又　浙江送人時子振之官越幕

江痕委貼日光浮動黃金葉闌干直下愁相接一朶紅

蓮飛上越人檝　鯉魚波上丁寧切詩筒如綫不曾別

明年好箇春風客五鷄文飛身在玉皇闕

醉公子　詠梅寄南湖先生

神仙無皐澤瓊裾珠珮卷下塵陌秀骨依依誤向山中

得與相識溪岍側倚高情自鎖煙翠時點空碧念香襟沾恨酥手剪愁今後夢魂隔　相思暗驚清吟客想玉照堂前樹三百雁翅霜輕鳳羽寒深誰護春色詩鬢白總多因水村攜酒煙墅留屐更時帶明月同來與花為表德

步月

剪柳章臺問梅東閣醉中攜手初歸逗香簾下璀璨鏤金衣正依約冰絲射眼更荏苒蟾玉西飛輕塵外雙鴛

細蹙誰賦洛濱妃　霏霏紅霧繞步搖共鬢影吹入花
圍管絃將散人靜燭龍稀泥私語香櫻乍破怕夜寒羅
襪先知歸來也相偎未肯入重幃

梅溪詞

散花庵詞

黄昇

欽定四庫全書

提要

散花庵詞

臣等謹案散花庵詞一卷宋黄昇撰昇字叔暘號玉林又號花庵詞客以所居有玉林又有散花庵也毛晉刊本以昇作昃以叔暘作叔陽而諸本實多作黄昇考花庵絶妙詞選舊傳刻本題曰黄昃又詩人玉屑前有昇序

欽定四庫全書

世所傳翻刻宋本猶鉤摹當日手書亦作黄
昦檢詞選序末尚有當時姓名小印實作昦
字葢許慎説文昪字篆文作昦昪特以篆體
署名故作昦字晋不考六書妄改作昇殊為
舛謬至叔陽乃盧炳之字炳有哄堂詞已别
著録晋乃移而為昇之字葢桃僵李代矣昇
所選絶妙詞末附以已詞四十首葢用王逸
編楚詞徐陵編玉臺新詠芮廷章編國秀集

之例此本全録之惟旁摭他書增入三首耳昇早棄科舉雅意歌詠曾以詩受知游九功見胡德方所作詞選序其詞亦上逼少游近摹白石九功贈詩所云晴空見氷柱者庶幾似之德方序又謂閩帥樓秋房聞其與魏菊莊相友以泉石清士目之菊莊名慶之建安人即撰詩人玉屑者梅間詩話載慶之道玉林詩絶句云一步離家是出塵幾重山色

幾重雲沙溪清淺橋邊路折得梅花又見君則昇必慶之同里隱居是地故獲見稱於閩帥又游九功亦建陽人其答叔暘五言古一首尚載在詩家鼎臠是昇為閩人可以考見朱彝尊詞綜及近時厲鶚宋詩紀事均未及詳其里籍今附著於此焉乾隆四十九年閏三月恭校上

總纂官臣紀昀臣陸錫熊臣孫士毅

總校官臣陸費墀

欽定四庫全書

提要

三

欽定四庫全書

散花菴詞

宋 黄昇 撰

賀新郎 題雙溪馮熙之交游風月之樓

倦整摩天翼笑歸來點畫亭臺按行泉石落落元龍湖海氣更著高樓百尺收攬盡水光山色曾駕飈車蟾宫去幾回批借月支風勅斯二者慣相識 玲瓏窗户青紅濕夜深時寒光爽氣洗清肝膈似此交游真灑落判

與升堂入室有象來為賓客不用笙歌輕點浣看仙翁手搦虹霓筆吟思遠兩峰碧樓對兩峰甚奇

又乙巳正月十日雙溪攜酒遺蛻亭桃花方開主人浩歌酌客歡甚即席賦此

風送行春步漸行行山回路轉入雲深處問訊花梢春幾許半在詩人杖屨點點是祥煙膏露中有瑤池千歲種整嚴粧來作巢仙侶相嫵媚試凝佇　風流座上揮談麈更多情多才多調緩歌金縷趁取芳時同晏賞莫惜清樽緩舉有明月隨人歸去從此一春須一到顧東

君長與花為主泉共石聞斯語

又 菊

莫恨黄花瘦正千林風霜搖落莫秋時候晚節相看元不惡采采東籬獨秀試攬結幽香盈手幾劫修來方得到與淵明千載為知舊同冷淡比蘭友 柴桑心事君知否把人間功名富貴付之塵垢不肯折腰營口腹一笑歸與五柳悵此意而今安有若得風流如此老也何妨相對無盃酒詩自可了重九

又　梅

自掃梅花下問梢頭冷蕋踈踈幾時開也問者潤焉今久矣多少幽懷欲寫有誰是孤山流亞香月一聯真絶唱與詩人千載為嘉話餘興味付來者　清癯不戀華亭榭待與君白髮相親竹籬茅舍喜甚今年無酒禁溜溜小槽壓蔗已準擬雪天霜夜自醉自吟仍自笑任解冠落珮從嘲罵書此意寄同社

木蘭花慢　題馮雲月玉連環詞後

自沈香夢斷風雨外失餘春悵袍錦淋漓金鑾論奏四海無人蛾眉古來見妬柰昭陽飛燕亦成塵惟有空梁落月至今能為傳神　神遊八表跨長鯨誰是再來身愛雲月溪頭玉環一曲筆力千鈞人間不堪著眼但香名百世尚如新乞我九霞蜚珮梯空共上秋旻

又 乙巳病中

問潘郎兩鬢更禁得幾番秋悵病骨臞臞幽懷渺渺短髮颼颼雲邊一聲長笛這風情多屬趙家樓欹枕困尋

藥裏薰衣慵訊香篝　悠悠老矣復焉求何止賦三休
念少日書僻中年酒病晚歲詩愁已攀桂花作證便從
今把筆一齊勾只有煙霞痼疾相陪風月交遊

又 懷春

問春春不語謾新綠滿芳洲記歷歷前遊看花南陌命
酒西樓東風翠紅圍繞把功名一笑付糟邱醉裏了忘
身世吟邊自負風流　風流莫莫復休休白髮漸盈頭
悵十載重來略無歡意惟有閒愁多情向人似舊但小

桃妸娜柳纖柔望斷殘霞落日水天拍拍飛鷗

南柯子 丁酉清明

天上傳新火人間試裌衣定巢新燕覓香泥不為繡簾朱户說相思　側帽吹飛絮憑欄送落暉粉痕銷淡錦書稀怕見山南山北子規啼

又 丙申重九

蘭佩秋風冷茱囊曉露新多情多感怯芳辰强折黃花來照碧粼粼　落帽參軍醉空樽靖節貧世間那復有

斯人目送歸鴻西去一傷神

行香子 梅

寒意方濃暎信才通是晴陽暗拆花封氷霜作骨玉雪為容看體清癯香淡竚影朦朧　孤城小驛斷角殘鐘又無邊散與春風芳心一點幽恨千重任雪霏霏雲漠漠月溶溶

賣花聲 己亥三月一日

鬭蝶太匆匆惱殺衰翁牡丹開盡狀元紅俯仰之間增

感槩花事成空　垂柳綠陰中粉絮濛濛多情多病轉踈慵不是東風孤負我我負東風

又 憶舊

秋色滿層霄剪剪寒飈一襟殘照兩無聊數盡歸鴉人不見落木蕭蕭　往事欲魂消夢想風標春江綠漲水平橋側帽停鞭沽酒處柳軟鶯嬌

長相思 秋懷

天悠悠水悠悠月印金甌曉未收笛聲人倚樓　蘆花

秋蓼花秋催得吴霜點鬢稠香箋莫寄愁

又 秋夜

砧聲齊杵聲齊金井欄邊敗葉飛夜寒烏不栖　風凄凄露凄凄影轉梧桐月已西花冠窗外啼

又 春晚

惜春歸愛春歸脱了羅衣著夾衣緑陰黄鳥啼　酒醒時夢醒時清簟疎簾一局棊丁東風馬兒

感皇恩 送饒溪臺游浙

騎鶴上揚州腰纒十萬拈起詩人舊公案看山看水此去勝遊須遍煩君收拾取歸吟卷　少日風流莫年蕭散佳處何妨小留款沙河塘上落日繡簾爭捲也須拭眼起看花倦

蝶戀花 感春

百計留春春不住褪粉吹香日日吹教去心事欲憑鸎語訴流鸎剗地無憑據　緑玉闌干圍綺户一點柔紅應在深深處想倚翠樓吹柳絮淺顰惆悵芳期誤

月照梨花 閨怨

晝景方永重簾花影好夢猶酣鶯聲喚醒門外風絮交飛送春歸　脩眉晝了無人問幾多别恨淚洗殘粧粉不知郎馬何處嘶煙草萋迷鷓鴣啼

摸魚兒 為遺脱山中桃花作寄馮雲月

問山中小桃開後曾經多少晴雨遥知載酒花邊去唱我舊歌舞縷行樂處正蝶繞蜂圍錦繡迷無路風光有主想倚杖西阡停盃北望望斷碧峰莫　花知道應情

蜚鴻寄語年來老子安否一春一到成虛約不道樹猶如此煩説與但歲歲東風粧點紅雲塢劉郎老去有日重來同君一笑拈起看花句

水龍吟 贈丁南隣

少年有志封侯彎弓欲挂扶桑外一朝斂縮蕭然清興了無拘礙袖裏陰符枕中鴻寶功名蟬翼看日端霹靂劇談玄妙人間世疑無對　閬苑醉鄉佳處想當年綠陰猶在羣仙寄語不須點勘鬼神功罪碧海千尋赤城

萬丈風高浪快待踞龜食蛤相期汗漫與煙霞會

西河 己亥秋作

天似洗殘秋未有寒意何人短笛弄西風數聲壯偉倚

欄感槩展雙眉離離煙樹如薺少年事成夢裏客愁付

與流水筆床茶具　老空山未妨肆志世間富貴要時

賢深居宜有餘味大江東去日西墜想悠悠千古興廢

此地閲人多矣且揮絃寄興氛埃之外目送蜚鴻歸天

際

清平樂 宮怨

珠簾寂寂愁背銀釭泣記得小年初選入三十六宮第一當年掌上承恩而今冷落長門又是羊車過也月明花落黃昏

又 宮詞

深深禁籞霽日明鸎羽風動槐龍交翠舞恰恰花陰亭午　一簾晴絮悠颺金爐旋注沈香天子方看諫疏內人休鬬新粧

欽定四庫全書

酹江月 戲題玉林

玉林何有有一彎蓮沼數間茆宇斷塹疎籬聊補葺那得粉牆朱户禾黍秋風雞豚曉日活脱田家趣客來茶罷自挑野菜同煮　多少甲第連雲十眉環座人醉黄金塢回首邯鄲春夢破零落珠歌翠舞得似衰翁蕭然陋巷長作溪山主紫芝可採更尋岩谷深處

又 夜涼

西風解事爲人間洗盡三庚煩暑一枕新涼宜客夢飛

入藕花深處冰雪襟懷琉璃世界夜氣清如許劃然長嘯起來秋滿庭户　應笑楚客才高蘭成愁悴遺恨傳千古作賦吟詩空自好不值一盃秋露淡月闌干微雲河漢耿耿天催曙此情誰會梧桐葉上疎雨

浣沙溪　醮壇

鐘磬泠泠夜未央梨花庭户月如霜步虚聲裡拜瑤章　紫極清都雲渺渺紅塵濁世事茫茫未知誰有返魂香

欽定四庫全書

鷓鴣天 莫春

沈水香銷夢半醒斜陽恰照竹間庭戲臨小草書團扇自楝殘花插淨瓶　鸎宛轉燕丁寧晴波不動晚山青玉人只怨春歸去不道槐雲緑滿庭

又 張園作

雨過芙蕖葉葉涼摩挲短髮照横塘一行歸鷺拖秋色幾樹鳴蟬餞夕陽　花側畔柳旁相微雲澹月又昏黄風流不在談鋒勝袖手無言味最長

秦樓月 秋夕

心如結西風老盡黄花節塞鴻聲斷冷煙凄月 漢朝陵廟唐宫闕興衰萬變從誰説從誰説千年青史幾人華髪

重疊金 壬寅立秋

西風半夜驚羅扇蛩聲入夢傳幽怨碧藕試初涼露痕啼粉香 清冰凝簟竹不許雙鴛宿又是五更鐘鴉啼金井桐

又 冬

南山未解松梢雪西山已桂梅梢月說似玉林人人間無此清 此身元是客小住娛今夕拍手凭欄干霜風吹鬢寒

又 除日立春

銀幡彩勝參差剪東風吹上釵頭燕一笑繞花身小桃先報春 新春今日是明日新年至擘繭莫探官人間行路難

謁金門 初春

花事淺方費化工勻染牆角紅梅開未遍小桃纔數點

人在莫寒庭院閒續茶經香傳酒思如冰詩思嬾雨

聲簾不捲

南鄉子 夏夜

多病帶圍寬未到衰年已鮮歡夢破小樓風馬響珊珊

缺月無情轉畫欄 涼入苧衾單起探燈花夜欲闌書

冊滿床空伴睡慵觀拈得漁樵笛譜看

又 冬夜 或刻秦少游

萬籟寂無聲鈴鐵稜稜近五更香斷燈昏吟未穩淒清只有霜華伴月明 應是夜寒凝惱得梅花睡不成我念梅花花念我關情起看清冰滿玉瓶

花發沁園春 芍藥會上

曉燕傳情午鶯喧夢起來撿校芳事荼蘼褪雪楊柳吹綿迤邐麥秋天氣翻階傍砌看芍藥新粧嬌媚正鳳紫勻染綃裳猩紅輕透羅袂 晝暎朱闌困倚是天姿妖

嬈不減姚魏隨蜂惹粉趁蝶棲香引動少年情味花濃酒美人正在翠紅圍裏問誰是第一風流折花簪向雲鬢

阮郎歸 倣姜堯章體

粉香吹暎透單衣金泥雙鳳飛閒來花下立多時春風酒醒遲 桃葉曲柳枝詞芳心空自知湘皐月冷佩聲微雁歸人不歸

鵲橋仙 春情

青林雨歇珠簾風細人在綠陰庭院夜來能有幾多寒已瘦了梨花一半　寶釵無據玉琴難托合造一襟幽怨雲窗霧閣事茫茫試與問杏梁雙燕

木蘭花慢

鸎啼啼不盡燕語語難通這一點芳心十年不斷惱亂東風重來故人何處但依前流水小橋東記得同題粉壁而今壁破無蹤　蘭皐空漲綠溶溶流眼落花紅念著破春衫當時送别燈下裁縫相思謾令自苦嘆雲煙

過眼總成空落日楚天無際凭欄目送歸鴻

水調歌頭 題李季九侍郎鄂州吞雲樓

輪奐半天上勝槩壓南樓籌邊獨坐豈欲登覽快雙眸浪說胸吞雲夢直把氣吞湖海西北望神州百載好機會人事恨悠悠 騎黃鶴賦鸚鵡謾風流嶽王祠畔楊柳煙鎖古今愁整頓乾坤手段指授英雄方畧雅志昔為酬盃酒不在手雙鬢恐驚秋

滿庭芳 楚州上巳萬柳池應監丞飲客

三月春光羣賢勝踐山陰何似山陽鵝池墨妙曲水記
流觴自許風流邱壑何人共擊楫長江新亭上山河有
異舉目恨堂堂使君經世志十年邊上兩鬢風霜問
池邊楊柳因甚淒凉萬樹重新種了株株在桃李花旁
仍須待臢裁蘭芷為國洗河湟

又 元夕上鄭武王守子文

草木生春樓臺不夜團團月上雲霄太平官府民物共
逍遙指點江梅一笑幾番負雨秀風嬌今年好花邊把

酒歌舞醉元宵　風流賢太守青雲志氣玉樹丰標是
神仙班裏舊日王喬出奉板輿行樂金蓮照十里笙簫
收燈後看看丹詔催入聖皇朝

清平樂　吴國簟呈李司直

今朝欲去忽有留人處說與江頭楊柳樹繫我扁舟且
住　十分酒興詩腸難禁冷落秋光借取春風一笑狂
夫到老猶狂

散花菴詞

石屏詞

戴復古

欽定四庫全書　　集部十

石屏詞　　詞曲類　詞集之屬

提要

臣等謹案石屏詞一卷宋戴復古撰復古有石屏集别著録此詞一卷乃毛晉所刻别行本也復古為陸游門人以詩鳴江湖間方回稱其清健俊快自成一家今觀其詞亦音韻天成不費斧鑿其望江南自嘲第一首云賈

皐形模元自瘦杜陵言語不妨村誰解學西崑復古論詩之宗旨於此具見宜其以詩為詞時出新意無一語蹈襲也集内大江西上曲即念奴嬌本因蘇軾詞起句故稱大江東去復古乃以己詞首句又改名大江西上曲未免效顰至赤壁懷古滿江紅一首則豪情壯采實不減於軾楊慎詞品最賞之宜矣此本卷後載樓鑰所紀一則即係石屏詩集中

跋語陶宗儀一則見輟耕録其江右女子一詞不著調名以各調證之當為祝英臺近但前闋三十七字俱完後闋則逸去起處三句十四字當係流傳殘闕宗儀既未經辨及後之作圖譜者因詞中第四語有揉碎花箋四字遂另造一調名殊為杜撰至於木蘭花慢懷舊詞前闋有重來故人不見云云與女子詞君若重來不相忘處語意若相答疑即為

其妻而作然不可考矣乾隆四十九年五月

恭校上

總纂官臣紀昀臣陸錫熊臣孫士毅

總校官臣陸費墀

欽定四庫全書

石屏詞

宋　戴復古　撰

錦帳春　淮東陳提舉清明奉母夫人游徐仙翁菴

處處逢花，家家插柳，正寒食清明時候。奉板輿行樂，使星隨後，人間稀有。出郭尋仙，繡衣春晝，馬上列兩行紅袖。對韶華一笑，勸國夫人酒，百千長壽。

醉落魄　九日吳勝之運使黄鶴山登高

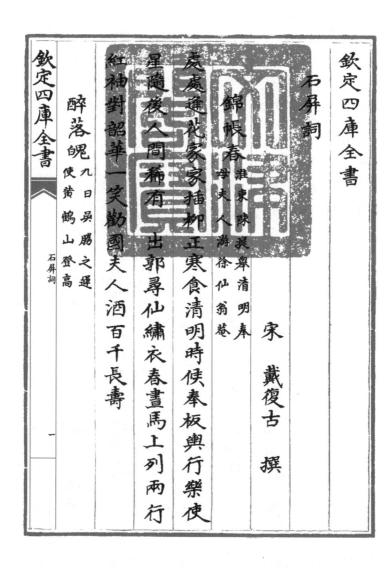

龍山行樂何如今日登萬鶴風光正要人酬酢欲賦歸來莫是淵明錯　江山登覽長如昨飛鴻影裏秋光薄秖有黃花覺牢裏烏紗一任西風作

柳梢青　岳陽樓

袖劒飛吟洞庭青草秋水深深萬頃波光岳陽樓上一快披襟　不須攜酒登臨問有酒何人共斟變盡人間君山一點自古如今

行香子　永州為魏深甫壽

萬石崔嵬二水漣漪此江山天下之奇太平氣象百姓熙熙有文章公經綸手把州麾　滿斟壽酒笑撚梅枝管年年長見花時佳人休唱淺近歌詞讀浯溪頌愚谷記澹岩詩

木蘭花慢懷舊

鶯啼啼不盡任燕語語難通這一點閑愁十年不斷惱亂春風重來故人不見但依然楊柳小樓東記得同題粉壁而今壁破無蹤　蘭皐新漲綠溶溶流恨落花紅

念著破春衫當時送別燈下裁縫相思慢然自苦算雲煙過眼總成空落日楚天無際凭欄目送飛鴻

鷓鴣天 題趙次山魚樂堂

圉圉洋洋各自由或行呴沫或沈浮觀魚未必知魚樂正恐清波照白頭 休結網莫垂鈎機心一露使魚愁終知不是池中物掉尾江湖汗漫游

浣溪沙

病起無聊倚繡牀玉容清瘦嬾梳粧水沉煙冷橘花香

說箇話兒方有味喫些些酒子又何妨一聲鶗鴂斷人腸

臨江仙 代作

誤入風塵門户驅來花月樓臺樽前幾度得衷佪可憐容易别不見牡丹開　莫恨銀瓶酒盡但將妾淚添盃江頭恰恨北風回再三相祝去千萬寄書來

祝英臺近 别李澤之諸丈

泛杭州臨塵水幾日共游戲歌笑開懷酒醒又還醉奈

何一旦分攜連宵風雨剪不斷客愁千里　水雲際遥望一片飛鴻苦是失羣地滿眼春風管甚閒桃李此行歸老家山相逢難又但一味相思而已

鵲橋仙　周子俊過南昌問訊宋吉甫黄存之兄弟

西山岩壑東湖亭館盡是經行舊路别時相見有荷花還又見梅花歲暮　宋家兄弟黄家兄弟一一煩君傳語相忘不寄一行書元自有不相忘處

又

新荷池沼綠槐庭院簷前雨聲初斷喧喧兩部亂蛙鳴怎得似啼鶯睍睆　風光流轉客游汗漫莫問鬢絲長短醒時盃酒醉時歌算省得閒愁一半

大江西上曲 寄李寶父提刑時郊後兩相皆乞歸

大江西上鬱孤臺八境人間圖畫地湧千峰搖翠浪兩派玉虹如瀉彈壓江山品題風月四海今王謝風流人物如公一世雄也　一片憂國丹心彈絲吹笛未必能陶寫西北風塵方澒洞窄相閒歸綠野月斧爭鳴風斤

運巧不用修亭榭紫樞黄閣要公整頓天下

減字木蘭花 寄欽州劉叔治使君

羊城舊路檀板一聲驚客去不擬重來白髮飄飄上越臺故人居處曲巷深深通行所問訊桃花欲訪劉郎不在家

又 寄五羊鍾子洪

天台狂客醉裏不知秋髮白應接風光憶在江亭醉幾場 吳姬勸酒唱得廉頗能飯否西雨東晴人道無情

又有情

又

阻風中酒流落江湖成白首歷盡間關贏得虛名滿世間　浩然歸去憶著石屏茅屋趣想見山村樹有交柯犢有孫

清平樂　興國軍呈李司直

今朝欲去忽有留人處說與江頭楊柳樹繫我扁舟且住　十分酒興詩腸難禁冷落秋光借取春風一笑狂

夫到老猶狂

又 嘲人

醉狂癡作誤信青樓約酒醋梅花吹畫角翻得一場寂寞相如漫賦凌雲琴臺不遇文君江上琵琶舊曲只堪分付商人

醉太平

長亭短亭春風酒醒無端惹起離情有黃鸝數聲 芙蓉綉茵江上畫屏夢中昨夜分明悔先行一程

望江南　壺山宋謙父寄新刋雅詞內有壺山好三十闋自說平生僕謂猶有說未盡處為續四曲

壺山好，博古又通今。結屋三間藏萬卷，揮毫一字值千金。四海有知音。　門外路，咫尺是湖陰。萬柳堤邊行處樂，百花洲上醉時吟。不負一生心。

又

壺山好，膽氣不妨麄。手奮空拳成活計，眼穿故紙下工夫。處世未全疎。　生涯事，近日果何如。背錦奚奴能撿

黠畫眉老婦出交租且喜有贏餘

又

壺山好文字滿胸中詩律變成長慶體歌詞綽有稼軒風最會説窮通　中年後雖老未成翁兒大相傳書種在客來不放酒樽空相對醉顏紅

又

壺山好也解憶狂夫轉手便成千里別經年不寄一行書渾似不相疎　催歸曲一唱一愁予有劒賣來酤酒

喫無錢歸去買山居一向作狂徒壺山有催歸曲贈僕甚妙

又僕既為宋壺山說其自說未盡處壺山必有答語僕自嘲三解

石屏老家住海東雲本是尋常田舍子如何呼喚作詩人無益費精神 千首富不救一生貧賈島形模元自瘦杜陵言語不妨村誰解學西崑

又

石屏老長憶少年遊自謂虎頭須食肉誰知猿臂不封侯身世一虛舟 平生事說著也堪羞四海九州雙脚

底千愁萬恨兩眉頭白髮早歸休

又

石屏老悔不任山林注定一生知有命老來萬事付無心巧語不如瘖貧亦樂莫負好光陰但願有頭生白髮何愁無地覓黄金遇酒且須斟

沁園春 自述

一曲狂歌有百餘言説盡平生費十年燈火讀書讀史四方奔走求利求名蹭蹬歸來閉門獨坐羸得窮吟詩

句清夫詩者皆吾儂平日愁歎之聲　空餘豪氣崢嶸安得良田二頃畊向臨邛滌器可憐司馬成都賣卜誰識君平分則宜然吾何敢怨螻蟻逍遥戴粒行閑懷抱有青梅薦酒緑樹啼鶯

滿江紅赤壁懷古

赤壁磯頭一番過一番懷古想當時周郎年少氣吞區宇萬騎臨江貔虎噪千艘列炬魚龍怒卷長波一鼓困曹瞞今如許　江上渡江邊路形勝地興亡處覽遺蹤

勝讀詩書言語幾渡東風吹世換千年往事隨潮去問道傍楊柳為誰春摇金縷

賀新郎 豐眞州建江淮偉觀樓

百尺連雲起試登臨江山人物一時俱偉舟挹金陵龍虎勢京峴諸峯對峙隱隱接揚州歌吹雪浪舞從三峽下乍逢迎海若談秋水形勝地有如此 使君一世經綸志把風斤月斧來此等閒遊戲見說樓成無多日大手一何容易笑天下紛紛血指醞釀春風與和氣舉長

江變作香醪美人共樂醉桃李

又　寄豐宅之

憶把金罍酒歎别來光陰荏苒江湖宿舊世事不堪頻著眼贏得兩眉長皺但東望故人翹首木落山空天遠大送飛鴻北去傷情久天下事公知否　錢塘風月西湖柳渡江來百年機會從前未有喚起東山丘壑莫惜風霜老手要整頓封疆如舊早晚樞庭開幙府衆英雄盡為公奔走看金印大如斗

又 兄弟爭塗田而訟歌此詞主和議

蝸角爭多少是英雄割據乾坤到頭休了一片泥塗荒草地盡是魚龍故道新堤上風濤難保滄海桑田何時變怕桑田未變人先老休為此生煩惱　訟庭不許頻頻到這官坊翻來覆去有何分曉無諍人中為第一長訟元非吉兆但有恨平章不早樽酒奐同和氣在看從來兄弟依然好把前事付一笑

水調歌頭 題李季允侍郎鄂州吞雲樓

輪奐半天上勝槩壓南樓籌邊獨坐豈欲登覽怯雙眸浪說胸吞雲夢直把氣吞殘敵西北望神州百載好機會人事恨悠悠　騎黃鶴賦鸚鵡漫風流岳王祠畔楊柳煙鎖古今愁整頓乾坤手段指授英雄方略雅志若為酬盃酒不在手雙鬢恐驚秋

滿庭芳　楚州上巳萬柳池應監丞飲客

三月春光羣賢勝餞山陰何似山陽鵝池墨妙曲水記流觴自許風流丘壑何人共擊楫長江新亭上山河有

異舉目恨堂堂　使君經世志一腔豪氣兩鬢風霜問池邊楊柳因甚淒涼萬樹重新種了株株在桃李花旁仍須待賸栽蘭芷為國洗河湟

又 元夕上郡武王守子丈

草木生春樓臺不夜團團月上雲霄太平官府民物共逍遥指點江梅一笑幾番負雨秀風嬌今年好花邊把酒歌舞醉元宵　風流賢太守青雲志氣玉樹丰標是神仙班裏舊日王喬出奉板輿行樂金蓮照十里笙簫

收燈後看看丹詔催入聖明朝

石屏詞

樓鑰云黄巖戴君敏才獨能以詩自適號東皐子不肯
作舉子業終窮而不悔且死一子方襁褓中語親友曰
吾之病革矣而子甚幼詩遂無傳乎為之太息語不及
他與世異好乃如此子既長名曰復古字式之或告以
遺言收拾殘編僅存一二深切痛之遂篤意古律雪巢
林監廟景思竹隱徐直院淵子皆丹丘名士俱從之遊
講明句法又登三山陸放翁之門而詩益進一日攜大
編訪予且言吾以此傳父業然亦以此而窮求一語以

書其志余答之曰夫詩能窮人或謂惟窮然後工笠澤之論李長吉玉谿生甚悲也子惟能固窮則詩愈昌矣余之言固何足為軒輊耶嘗聞戴安道善琴二子勃顒並受琴於父父没所傳之聲不忍復奏乃各造新弄廣陵止息之流皆與世異其孝固可稱然似稍過果爾則琴亦當廢矣式之豈其苗裔耶而能以詩承先志殆異於此東皐其不死矣

陶宗儀云戴石屏先生復古未遇時流寓江右武寧有

富家翁愛其才以女妻之居二三年忽欲作歸計妻問其故告以曾娶妻白之父父怒妻宛曲解釋盡以奩具贈夫仍餞以詞云惜多才憐薄命無計可留汝揉碎花牋忍寫斷腸句道傍楊柳依依千絲萬縷抵不住一分愁緒捉月盟言不是夢中語後回君若重來不相忘處把杯酒澆奴墳土夫既别遂赴水死可謂賢烈也已

斷腸詞

朱淑真

欽定四庫全書

提要

斷腸詞

臣等謹案斷腸詞一卷宋朱淑真撰淑真海寧女子自稱幽棲居士是集前有紀畧一篇稱為文公姪女然朱子自為新安人流寓閩中考年譜世系亦別無兄弟著籍海寧疑依附戚名之詞未必確也紀畧又稱其匹偶非

倫弗遂素志賦斷腸集十卷以自解其詞則僅書録解題載一卷世久無傳此本為毛晉汲古閣所刊後有晉跋稱詞僅見二闋於草堂集又見一闋於十大曲中落落如晨星後乃得此一卷為洪武間抄本乃與漱玉詞並刋然其詞止二十七闋則亦必非原本矣楊慎升菴詞品載其生查子一闋有月上柳梢頭人約黄昏後語晉跋遂稱為白璧微瑕然

此詞今載歐陽修廬陵集第一百三十一卷中不知何以竄入淑真集内誣以桑濮之行慎收入詞品既為不考而晉刻宋名家詞六十一種六一詞即在其内乃於六一詞漏注互見斷腸詞已自亂其例於此集更不一置辨且證實為白璧微瑕蠡翁犇之甚今刊此一篇庶免於厚誣古人貽九泉之憾焉乾隆四十九年九月恭校上

總纂官臣紀昀臣陸錫熊臣孫士毅

總校官臣陸費墀

斷腸詞紀畧

淑真浙中海寧人文公姪女也文章幽豔才色娟麗實閨閤所罕見者因匹偶弗倫弗遂素志賦斷腸集十卷以自鮮臨安王唐佐為傳以述其始末吳中士大夫集其詩二百餘篇宛陵魏仲恭為之序

欽定四庫全書

斷腸詞
原序

一

欽定四庫全書

斷腸詞目録

斷腸詞目録

欽定四庫全書

斷腸詞

宋 朱淑眞 撰

憶秦娥 正月初六夜月

彎彎曲新年新月鈎寒玉鈎寒玉鳳鞵兒小翠眉兒蹙

鬧蛾雪柳添妝束燭龍火樹爭馳逐元宵三五不如初六

浣溪沙 清明

春巷夭桃吐絳英春衣初試薄羅輕風和煙煖燕巢成
小院湘簾閒不捲曲房朱戶悶長扃惱人光景又清
明

又 春夜

玉體金釵一樣嬌背燈初解繡裙腰衾寒枕冷夜香銷
深院重關春寂寂落花和雨夜迢迢恨情和夢更無
聊

生查子

寒食不多時幾日東風惡無緒倦尋芳閒却鞦韆索

玉減翠裙交病怯羅衣薄不忍捲簾看寂寞梨花落

又

世傳大曲十首朱淑真生查子居第八調入大石此曲是也集中不載今收入此

年年玉鏡臺梅蕋宮妝困今歲未還家怕見江南信

酒從別後疎淚向愁中盡遥想楚雲生人遠天涯近

謁金門

春已半觸目此情無限十二闌干閒倚遍愁來天不管

好是風和日煗輸與鶯鶯燕燕滿院落花簾不捲斷

腸芳草遠

江城子 賞春

斜風細雨作春寒對尊前憶前歡曾把梨花寂寞淚闌干芳草斷煙南浦路和别淚看青山　昨宵結得夢夤緣水雲間悄無言爭奈醒來愁恨又依然展轉衾裯空懊惱天易見見伊難

減字木蘭花 春怨

獨行獨坐獨倡獨酬還獨卧佇立傷神無奈春寒著摸

人　此情誰見淚洗殘妝無一半愁病相仍剔盡寒燈

夢不成

眼兒媚

遲遲風日弄輕柔花徑暗香流清明過了不堪回首雲

鎖朱樓　午䆫睡起鶯聲巧何處喚春愁緑楊影裏海

棠亭畔紅杏梢頭

鷓鴣天

獨倚闌干晝日長紛紛蜂蝶鬬輕狂一天飛絮東風惡

滿路桃花春水香　當此際意偏長萋萋芳草傍池塘
千鍾尚欲偕醉幸有荼蘼與海棠

清平樂

風光緊急三月俄三十擬欲留連計無及緑野煙愁露
泣倩誰寄語春宵城頭畫鼓輕敲繾綣臨岐囑付來
年早到梅梢

又 夏日遊湖

惱煙撩露留我須臾住攜手藕花湖上路一霎黄梅細

雨　嬌癡不怕人猜隨羣暫遣愁懷最是分攜時候歸來嬾傍妝臺

點絳唇向誤刻木蘭花

黃鳥嚶嚶曉來却聽丁丁木芳心已逐淚眼傾珠斛見自無心更調離情曲鴛幃悵望休窮目回首溪山綠

又冬

風勁雲濃暮寒無奈侵羅幙髻鬟斜掠呵手梅妝薄少飲清歡銀燭花頻落恁蕭索春工已覺點破梅香蕚

蝶戀花 送春

樓外垂楊千萬縷欲繫青春少住春還去猶自風前飄柳絮隨春且看歸何處　綠滿山川聞杜宇便做無情莫也愁人苦把酒送春春不語黄昏却下瀟瀟雨

菩薩蠻 秋

秋聲乍起梧桐落蛩吟唧唧添蕭索欹枕背燈眠月和殘夢圓　起來鈎翠箔何處寒砧作獨倚小闌干偪人風露寒

又

山亭水榭秋方半鳳幃寂寞無人伴愁悶一番新雙蛾只舊顰　起來臨繡戶時有疎螢度多謝月相憐今宵不忍圓

又 梅

也無梅柳新標格也無桃李妖嬈色一味惱人香羣花爭敢當　情知天上種飄落深巖洞不管月宮寒將枝比並看

又 詠梅

溼雲不渡溪橋冷蛾寒初破霜鉤影溪下水聲長一枝和月香 人憐花似舊花不知人瘦獨自倚闌干夜深花正寒

鵲橋仙 七夕

巧雲妝晚西風罷暑小雨翻空月墜牽牛織女幾經秋尚多少離腸恨淚 微涼入袂幽歡生座天上人間滿意何如暮暮與朝朝更改卻年年歲歲

念奴嬌 催雪

冬晴無雪是天心未肯化工非拙不放玉花飛墮地留在廣寒宮闕雲欲同時霰將集處紅日三竿揭六花翦就不知何處施設　應念隴首寒梅花開無伴對景真愁絕待出和羹金鼎手為把玉鹽飄撒溝壑皆平乾坤如畫更吐氷輪潔梁園燕客夜明不怕燈滅

又

鵝毛細翦是瓊珠密灑一時堆積倚東風渾漫漫頃

刻也須盈尺玉作樓臺鉛鎔天地不見遙岑碧佳人作戲碎揉些子拋擲　爭奈好景難留風儍雨僽打碎光凝色總有十分輕妙態誰似舊時憐惜擔閣梁吟寂莫楚舞笑揑獅兒隻梅花依舊歲寒松竹三益

卜算子 詠梅

竹裏一枝梅映帶林逾靜雨後清奇畫不成淺水橫疎影　吹徹小單于心事思重省拂拂風前度暗香月色侵花冷

柳梢青 詠梅

玉骨氷肌為誰偏好特地相宜一味風流廣平休賦和靖無詩 倚牕睡起春遲困無力菱花笑窺嚼蕋吹香眉心點處鬢畔簪時

又

凍合疎籬半飄殘雪斜卧枝低可便相宜煙藏修竹月在寒溪 亭亭竚立移時拚瘦損無妨為伊誰賦才情畫成幽思寫入新詞

欽定四庫全書

又

雪無霜飛隔簾疎影微見橫枝不道寒香解隨羌管吹到屏幃箇中風味誰知睡乍起烏雲甚欹嚼蕊妝英淺顰輕笑酒半醒時

跋

淑真詩集膾炙海内久矣其詩餘僅見二闋于草堂集又見一闋于十大曲中何落落如晨星也既獲斷腸詞一卷凡十有六調幸覩全豹矣先輩拈出元夕詩詞以爲白璧微瑕惜哉湖南毛晉識

欽定四庫全書

斷腸詞

一

圖書在版編目（CIP）數據

四庫全書宋詞别集叢刊 / (宋) 蘇軾等著 . —北京 : 商務印書館 , 2020
ISBN 978-7-100-18725-1

Ⅰ . ①四… Ⅱ . ①蘇… Ⅲ . ①宋詞—選集 Ⅳ . ① I222.844

中國版本圖書館 CIP 資料核字 (2020) 第 115964 號

書名題簽　王　皓
書籍設計　玖　玖
内文製作　陸海霞
　　　　　何延舟

四庫全書宋詞别集叢刊
［宋］蘇軾等　著

商　務　印　書　館　出　版
（北京王府井大街 36 號　郵政編碼 100710）
商　務　印　書　館　發　行
江蘇鳳凰數碼印務有限公司印刷
ISBN　978-7-100-18725-1

2020 年 10 月第 1 版　　　開本　787 × 1092　1/32
2020 年 10 月第 1 次印刷　　印張　163½

定價：688.00 元